I0637596

LE LIVRE

D'UN

INCONNU

PARIS

ALPHONSE LEMERRE, ÉDITEUR

27-31, PASSAGE CHOISEUL, 27-31

M DCCC LXXIX

LIBRAIRIE ALPHONSE LEMERRE

POÈTES CONTEMPORAINS

Volumes in-18 jésus, imprimés en caractères antiques sur beau papier vélin. Chaque volume, 3 francs.

ACKERMANN.	*Poésies.*	1 vol.
JEAN AYCARD	*Les Jeunes Croyances.* . .	1 vol.
— —	*Rébellions, Apaisements.* .	1 vol.
— —	*Poèmes de Provence* . . .	1 vol.
J.-E. ALAUX.	*Les Tendresses humaines* .	1 vol.
NUMA D'ANGELY. . . .	*Les Cent Petites Toiles champêtres*	1 vol.
THÉODORE DE BANVILLE	*Les Exilés*	1 vol.
— —	*Nouvelles Odes funambulesques*	1 vol.
— —	*Idylles prussiennes.*	1 vol.
— —	*Les Princesses.*	1 vol.
GABRIEL BEAU.	*Chants d'amour et de paix*	1 vol.
ÉMILE BERGERAT . . .	*Poèmes de la guerre* . . .	1 vol.
C. ROBINOT-BERTRAND.	*La Légende rustique* . . .	1 vol.
— —	*Au bord du fleuve*	1 vol.
BLANCHECOTTE.	*Les Militantes.*	1 vol.
ÉMILE BLÉMONT. . . .	*Poëmes d'Italie*	1 vol.
ARTHUR DE BOISSIEU. .	*Poésies d'un passant* . . .	1 vol.
F. BOISSONNEAU. . . .	*Échos et Reflets.*	1 vol.
LOUIS BOUÉ.	*L'Obole*	1 vol.
PAUL BOURGET	*La Vie inquiète*	1 vol.
— —	*Édel.*	1 vol.
PHILOXÈNE BOYER. . .	*Les Deux Saisons.*	1 vol.
JULES BRETON.	*Les Champs et la Mer* . .	1 vol.
JOSEPH NOULENS. . . .	*Tropicales*	1 vol.

PARIS. — Impr. J. CLAYE. — A. QUANTIN et Cⁱᵉ, rue St-Benoît.

LE LIVRE

D'UN

INCONNU

LE LIVRE

D'UN

INCONNU

(Paul Haag)

FAC ET SPERA

AL

PARIS

ALPHONSE LEMERRE, ÉDITEUR

27-31, PASSAGE CHOISEUL, 27-31

M DCCC LXXIX

LE LIVRE D'UN INCONNU

I

LE MASQUE

Dans le bal tournoyant que conduit la Folie,
On voit, roses et noirs, les masques se mêler ;
Puis quand la verte Aurore au matin vient souffler
Sur les lustres mourants et leur flamme pâlie,

Quand le dernier quadrille a cessé de ronfler
Dans la salle muette à moitié désemplie,
Alors le masque noir ou rose se délie
Et le secret des traits vient à se révéler.

Ainsi dans cette Vie humaine chacun porte
Un Masque que demain doit dénouer la Mort,
Masque, nom passager, illustre, obscur, qu'importe?

Pseudonyme d'un jour qu'on quitte quand on sort,
Ce masque ici, lecteur, je l'ôte, et je te livre
Mon cœur, mon sombre cœur, au miroir de ce livre.

II

MINUIT

Ma lampe, se lassant de m'attendre sans doute,
S'est éteinte : aux lueurs mourantes d'un tison
Je rêve, assis encore à ma table et j'écoute
Le silence qui semble agrandir la maison.

Le vent rôde au dehors dans la ville déserte ;
J'entends se rapprochant, s'éloignant tour à tour,
La plainte de son souffle errant qui déconcerte
La lanterne tremblante au coin du carrefour.

Tout sommeille et se tait : une horloge lointaine
Au centre de la ville a sonné douze coups.
C'est Minuit, c'est la noire et taciturne Reine
Dans ses sombres atours qui passe auprès de nous.

C'est un jour qui finit, c'est un jour qui commence;
C'est un feuillet qu'on tourne au livre Éternité;
C'est l'Avenir qui vient, c'est Demain qui s'avance,
Forme confuse encor, bientôt réalité.

O Dieu, celui qui veille à cette heure te prie
Pour ceux que le sommeil fait semblables aux morts.
Permets que ce sommeil, cette trêve bénie,
Fortifie à la fois et leur âme et leur corps.

Détourne de leurs fronts les mauvaises pensées,
A leurs cœurs apaisés verse l'oubli profond;
Que les peines d'hier, par la nuit effacées,
Ne se ravivent pas quand ils s'éveilleront.

III

A LA PRÉFECTURE

Dans le bureau, chambre poudreuse
Où s'empilent les verts cartons,
Le soir une foule nombreuse
Attend les votes des cantons.

De temps en temps s'ouvre une porte :
On se tourne de ce côté;
C'est une dépêche qu'apporte
Quelque gendarme tout crotté.

Le Préfet, assis dans sa chaise,
Lit les résultats d'un ton sec;
Chacun bâtit son hypothèse
Sur le succès d'X ou d'Y grec.

On parle, on s'anime : la lampe,
Sous son très classique abat-jour,
Montre avec de faux airs de rampe
Chaque visage tour à tour.

Chauves chauvins, rouges rosettes,
Monarchistes, républicains :
Sur ces figures inquiètes
Se peignent les espoirs mesquins.

Les vaincus parlent de revanche.
Dehors la lune, astre pensif,
Plaque sur la pelouse blanche
Les larges ombres d'un massif.

IV

O rêverie, ô fée, ô douce enchanteresse !
Viens, mon âme t'appelle en sa sombre détresse
Comme, au soir d'un long jour d'énervante chaleur,
Soupire après la nuit la languissante fleur.
D'un coup d'aile brisant le froid cachot de pierre
Où la raison retient mon âme prisonnière,
Tu feras apparaître à mes yeux éblouis
Le resplendissement des mondes inouïs ;
Et puis d'un vol hardi nous franchirons la porte
D'azur et d'or où mon désir fougueux m'emporte.

V

TERREUR NOCTURNE

Ah ! qu'entends-je ! quel est ce bruit ? mon cœur tressaille :
Est-ce le frôlement plaintif de la broussaille
Où l'haleine du vent se déchire en passant ?
Au fond du noir taillis un rameau se cassant
Et traînant dans sa chute à travers le branchage
Le frémissement sourd de son épais feuillage ?
Est-ce un serpent qui fuit ? est-ce le craquement
Solennel de la Terre en son enfantement,

Ou bien quelque hibou que mon pas effarouche
Qui s'envole en jetant sur moi son regard louche?
Chut! j'écoute.— Mais non, plus rien, rien, tout se tait.
Et dans l'obscurité, sombre abîme muet,
Comme en un lac profond une pierre qu'on jette,
S'est perdu cet étrange bruit qui m'inquiète.
La route blanche fuit entre les noirs buissons,
Et les arbres, émus par les vagues frissons
Du soir, prennent aux yeux des formes fantastiques;
Et comme pour scander par ses pauses rythmiques
Ce silence profond, arrive par moments
De la mare lointaine où les saules dormants
Mirent leurs troncs noueux aux profils de gargouilles,
Le coassement rauque et triste des grenouilles.

VI

NUIT DE JUIN

Viens, amoureuse Nuit, viens étendre tes voiles
Sur le ciel embaumé par les parfums du soir,
Et que la fleur pâmée ouvre vers les étoiles
De son calice obscur le mystique encensoir.

Que l'arbre lève aux cieux sa sombre chevelure
Et que l'étang blanchi, couvert de nénuphar,
Montre dans son miroir la noire découpure
Des épais peupliers sur l'occident blafard.

Que dans la haie en fleur le ver luisant s'allume,
Et qu'au grillon caché dans l'herbe, haute forêt,
Réponde, cri lointain qui se perd dans la brume,
La grenouille tapie au fond de son marais.

Viens, Nuit, viens; du soleil la Terre enfin lassée
Fuit les ardents baisers d'un amant trop puissant;
Que la paix de tes sombres urnes soit versée,
Bienfaisante rosée, en son sein languissant.

VII

PAYSAGE

Dans le pays bizarre où mon rêve voyage
Il est un très mélancolique paysage
Que j'ai revu cent fois dans des cadres divers,
Et qu'aujourd'hui je veux vous peindre dans mes vers.
L'air transparent est plein du charme monotone
Qu'y répand une douce après-midi d'automne,
Et dans l'or attiédi d'un pur et beau soleil
S'offre un village, à ceux de la Suisse pareil,

Assis au bord d'un lac ou d'un fleuve très large
Dont à gauche un riant coteau forme la marge.
En face sont des prés, des champs, quelques maisons
Éparses dans la plaine et les bleus horizons.
Tout est calme : pas un frisson dans le feuillage,
Pas un souffle dans l'air, au ciel pas un nuage.
L'immense nappe d'eau, miroir profond et pur,
Répète la pâleur mourante de l'azur,
Et l'air étrangement sonore répercute
Le sourd ébranlement que causent dans leur chute
En un chantier voisin de très'lourds madriers,
Lentement déchargés par quelques ouvriers,
Ou bien le bruit que font près de moi sur la rive
Des laveuses frappant du battoir leur lessive.

VIII

La voir, sentir son bras s'appuyer sur le mien,
Marcher comme en un rêve et sans songer à rien
Qu'à l'extase présente, à la commune ivresse
De nos regards unis dans la même caresse ;
Lui dire toi, lui parler d'elle, improviser
Cent romans de bonheur qu'achève un doux baiser;
Faire sans y songer, sans s'en douter, des lieues
Par les chemins perdus des lointaines banlieues;

Et puis, le soir venu, s'arrêter près d'un champ
Désert, pour admirer un beau soleil couchant,
Pour contempler, noyé dans la brume indécise,
Paris, ses dômes d'or, la flèche d'une église,
Et l'océan confus des toits et des maisons
Se perdant dans la nuit des sombres horizons
Où quelque vitre en feu met sa rouge étincelle ;
— Et penser qu'on voudrait mourir d'amour pour elle.

IX

PREMIER PRINTEMPS

Lorsque l'on sent dans les clairières
Le souffle tiède du printemps,
Lorsque l'on voit les primevères
Émailler d'or l'herbe des champs,

Lorsque l'eau des ruisseaux gazouille
Plus gaîment sous les noirs buissons,
Lorsque son cours plus lent s'embrouille
Dans les épaisseurs des cressons,

Alors l'hiver grondeur s'efforce
Vainement de lutter encor :
Les verts bourgeons crevant l'écorce
Dérangent son triste décor.

Ses réserves sont épuisées,
L'azur sourit en le bravant;
Ses neiges fondent en rosées
Aux baisers attiédis du vent.

Avril, qu'à bon droit il redoute,
Achèvera de ses rayons
Ses grêlons que met en déroute
L'avant-garde des papillons;

Et les Amours, troupes rieuses
D'enfants ailés, vont par les bois
Poursuivant de leurs voix moqueuses
Sa vaine menace aux abois,

Et jusqu'au fond de sa tanière
Ils bombardent le vieux trembleur,
Avec la neige printanière
Qui tombe des arbres en fleurs.

X

Sais-tu combien il est parfois mélancolique
Ce chemin que je fais le soir en te quittant,
Ce long chemin à travers ce quartier tragique,
Ce boulevard désert plein de soleil couchant ?
Ah! dis-moi, le sais-tu, toi mon âme, mon rêve,
Dont le nom adoré sur mes lèvres s'achève
Par un baiser, dis-moi si quelquefois tu sens
Cette tristesse étrange et vague dont mes sens

Sont pénétrés; si quelquefois ta rêverie
Tourne en sanglots, et si ton âme est envahie
Par ce souffle à la fois si doux et si navrant
Qui fait qu'on pleure et qu'on est heureux en pleurant?

Lorsqu'après nos adieux et tes tendres promesses
J'ai vu comme dans une extase les caresses
De ton dernier regard disparaître au détour
De quelque mur bornant un lointain carrefour,
Et lorsque j'ai repris ce chemin monotone,
Ce chemin tout rempli des tristesses d'automne
Qui me ramène à la populeuse cité,
En traversant ce long quartier inhabité
Et dont la solitude a d'indicibles charmes,
Ah! que de fois mes yeux se sont remplis de larmes!
Comment te dire alors les pensers pleins d'émoi,
Les rêves oubliés qui revivent en moi
Pareils aux flots pressés, débordante harmonie
D'une mystérieuse et grave symphonie;
Pareils aux tons mouvants qu'au soir d'un beau jour pur,
Le soleil expirant fait flotter dans l'azur.
Je songe à cette vie, à son troublant mystère,
Au présent qui sourit, doux rayon éphémère,
Au changement possible, à l'avenir douteux,

Et, tandis que je vais, passant silencieux,
Reflétant vaguement dans mes yeux mes pensées,
Et qu'au ciel le couchant aux teintes nuancées
Mêle à son tendre adieu l'enivrant souvenir
Du jour qui fuit et que je voudrais retenir,
J'entends confusément dans mon âme assombrie
Mourir, écho lointain, ta douce causerie.

XI

Loin du centre élégant où la foule se presse,
Loin des tumultueux trottoirs du boulevard,
Sur le chemin désert qui longe le rempart,
Nous marchions par un jour d'hivernale tristesse;

Mais l'hiver, reflété dans son tendre regard,
Semblait se tempérer d'une douce caresse.
Au loin, comme un vaisseau gigantesque en détresse,
Perdu dans l'océan vaporeux du brouillard,

Paris au ciel brumeux flottait ainsi qu'un rêve ;
Et nous, trouvant, hélas! la minute trop brève
De cet instant heureux qui fuyait loin de nous,

Nous cherchions à revivre à deux par la pensée
Les jours perdus de notre existence passée,
Et nos baisers étaient plus tristes et plus doux.

XII

Huit jours sans toi, huit jours : ah! tu devrais savoir
Ce que c'est que huit jours, huit longs jours sans te voir,
Et combien loin de toi la journée implacable
Semble lente et combien la nuit interminable!
Mais, puisque te voilà, tous ces tourments passés
Comme un rêve au réveil déjà sont effacés;

Mes lèvres ont la soif ardente de tes lèvres :
Ah! donne-moi ces doux baisers dont tu me sèvres,
Laisse-moi t'enlacer la taille, te sentir
Mon bien, et dans tes bras mourant m'anéantir!

XIII

Dis-moi par quel touchant et singulier caprice,
Ma bien-aimée, après l'ineffable délice
De cette course errante à travers tout Paris
Où nous heurtions distraits les passants ahuris,
Vers le soir, nous trouvant au parvis d'une église
Dont le soleil dorait la pierre austère et grise,
Avec moi tu voulus entrer dans le saint lieu,
Et tu quittas mon bras pour aller prier Dieu.

La nuit venait; la nef était profonde et sombre,
Et les cierges brûlaient paisiblement dans l'ombre,
Et l'odeur doucement troublante des encens
Mêlait l'amour mystique à l'extase des sens.
Et moi qui te voyais si belle agenouillée,
Sentant de pleurs émus ma paupière mouillée,
Je fis vœu de t'aimer plus saintement encor,
Et de garder, ainsi qu'un précieux trésor,
Ce pur et chaste feu que Dieu mit dans mon âme :
Je fis vœu de t'aimer comme on aime la femme
A qui devant l'autel on s'unit pour toujours ;
Et, fuyant à jamais ces faciles amours
Dont le seul souvenir m'était une souillure,
D'être à toi seule, à toi, tant que ce souffle dure !
O Dieu, qui m'entendis alors et qui me vis,
Tu connus la ferveur de ce vœu que je fis,
Tu connus, toi qui seul en nos âmes sais lire,
La foi, l'ardente foi, l'extase, le délire
De ce passant obscur pour qui se révélait
Ta loi d'amour, avec son sublime secret
Qui permet de souffrir pour les péchés des autres ;
Oui, je compris alors tes martyrs, tes apôtres,
Ceux qui sont morts, collant leur bouche au crucifix,
En murmurant le nom de Jésus, de ton Fils,

Dont là tout près de moi, sous sa forme mortelle,
Le corps sanglant, au fond d'une obscure chapelle,
Me semblait s'entourer d'une étrange clarté ;
Je jurai sur ce corps du Dieu persécuté
D'être, selon sa loi, généreux, charitable,
Indulgent aux méchants, aux humbles secourable,
Et de me rendre enfin digne de ce bonheur,
Dont je sentais s'emplir et déborder mon cœur,
Par des dons ignorés, par d'obscurs sacrifices
Dont je pourrais goûter en secret les délices,
Sachant que c'est pour toi que je me prive ainsi,
Pour toi, mon adorée, et pour que tout souci
Soit loin de ta pensée, et pour que toute trace,
Toute ombre de péché de ton front pur s'efface.
Et j'étais là perdu dans l'ombre d'un pilier,
Et je sentais, saisi d'un trouble singulier,
Dans le silence ému de ces voûtes de pierre
Nos âmes devant Dieu s'unir dans ta prière.

XIV

On causait : on parlait du monde, de la fête
Qu'une femme très à la mode en ce moment
Donnait hier; quelqu'un détaillait savamment
Ses épaules, sa taille et la disait bien faite.

On citait cent détails précis sur sa toilette;
On soulignait le nom de son dernier amant,
Et puis on reparlait courses, bals, opérette,
Et du ténor nouveau, qu'on déclarait charmant.

Parfois c'était un mot équivoque, une image
Scabreuse, que chacun saisissait au passage;
Elle, me trouvant l'air maussade et trop distrait,

Me souriait avec une adorable moue,
— Et moi, le cœur rongé d'un désespoir secret,
Je voyais un lis blanc souillé par de la boue.

XV

AU BORD DE LA MER

Le soir venant je descendis de la falaise
Par un affreux sentier où, dans la terre glaise
Et les cailloux, je trébuchais à chaque pas.
Le vent était glacé; le soleil, froid et bas,
Rasait obliquement et de ses rayons fauves
Les monticules nus comme des têtes chauves
Où, par places et dans les rides du terrain,
Frissonnaient l'herbe sèche et le chardon marin.
J'allais vite; bientôt je fus dans le village
Qui, devant l'Océan, sur le versant s'étage :

Humble nid de pêcheurs tapi dans un rocher
Dont souvent la bourrasque empêche d'approcher.
Tout était mort, désert, les maisons semblaient vides;
A des cordes pendaient quelques linges sordides,
Vareuses en lambeaux que la bise arrachait.
Et le soleil en cet instant-là se couchait,
Et son disque de sang, au bout de la ruelle,
Plongeait dans une mer noirâtre, âpre et cruelle.
Je descendis toujours, jusque sur les galets
Où les pêcheurs, le soir, étendent leurs filets,
Et là, malgré le vent qui me donnait l'onglée,
Aspirant de varechs gluants l'odeur salée,
Je restai très longtemps pour contempler encor
Les flots, comme des haillons gris dans un décor,
S'agitant sur le ciel qui devenait plus pâle
Et prenait au couchant des tons d'ambre et d'opale.
Et j'étais plein du charme dur de ce tableau,
Tandis que, demi-nus et les jambes dans l'eau,
Devant moi, tout entiers à leur pénible ouvrage,
Deux hommes échouaient leur barque sur la plage.

XVI

BONHEUR POSTHUME

La lune pleine avait aux cieux
Une majesté singulière;
Le lac était si encieux,
Moiré d'argent par sa lumière.

La vaste nappe aux blancs reflets
Prenait des teintes indécises;
Les montagnes, géants muets,
Comme en un cercle étaient assises.

Et nous les regardions tous deux,
Appuyés contre la persienne ;
Ma bouche effleurait ses cheveux,
Et sa main était dans la mienne.

Et sur sa gorge étincelait
Une éblouissante parure :
Je voulus baiser le filet
D'où s'échappait sa chevelure,

Mais mes yeux rencontrant ses yeux,
Leur regard glaça mon envie ;
Car nous étions morts tous les deux,
Et rêvions dans une autre vie.

XVII

Quand je te vois donnant à tous en dépensière
Ces sourires, hélas! qui me semblaient mon bien;
Quand, près d'un étranger épiant ton maintien,
Je te trouve si libre et si tôt familière;
Quand je t'entends redire à d'autres en riant
Ces mille riens qu'amant jadis trop confiant
Je prenais pour l'aveu secret de ta tendresse,
Ces doux propos que loin de toi, dans son ivresse,
Se répétait mon cœur cent et cent fois encor,
Comme un avare en paix comptant son cher trésor;

O Dieu! quand je te vois ainsi, le doute horrible

Renaît, et je me dis que ce n'est pas possible,

Que mon amour a dû se faire illusion,

Que ce rêve, que cette adorable union

D'un enjouement naïf et d'un cœur si sincère,

N'est qu'une décevante et trompeuse chimère;

Que le souffle banal de ce monde où tu vis,

Sa morale odieuse et ses honteux avis,

N'ont pu sans la ternir effleurer ta pensée;

Et que dans ce baiser où ma vie est passée,

Dans ce premier baiser, dans ce baiser trompeur,

Tes lèvres se donnaient peut-être sans ton cœur,

Et les soupçons hideux me reviennent en foule.

Alors je sens qu'en moi quelque chose s'écroule :

Croyance, espoir, tout sombre en ce cruel moment,

Et, dans l'affreux chaos de cet effondrement,

La Volupté, sirène étrange aux yeux d'opale,

Surgit, comme au sabbat maudit la lune pâle,

Et j'entends s'éveiller à son appel malsain

Tous les mauvais désirs qui hurlent dans mon sein.

Oh! oui, je t'aime alors, mais d'un amour infâme :

Je voudrais posséder ce corps, ce corps de femme;

Je voudrais le couvrir de mes baisers lascifs,

Et le sentir frémir aux plaisirs convulsifs

De la chair qui consent lorsque l'âme, éperdue,
Recule : oh! te tenir, presser ta gorge nue,
Voir ta bouche béante et pâmée et tes yeux
Noyés dans cette extase, âcre et délicieux
Poison qui, comme un flot impur, aux lèvres monte.
Puis, ayant étouffé mon amour dans la honte,
Me réveiller, les sens éteints, le cœur usé :
Tel le prêtre idolâtre, enfin désabusé,
De son culte stupide et vain ne se console
Qu'en traînant dans la fange et souillant son idole.

XVIII

Je sortis : j'avais froid ; le long des avenues
Les arbres noirs dressaient au ciel leurs branches nues,
Et j'entendais encor résonner dans mon cœur
Le timbre de sa voix argentin et moqueur.
O nature d'hiver, nature âpre et farouche,
Vierge dont nul baiser n'a profané la bouche,
Qui dédaignes des fleurs le parfum inconstant,
Comme je t'ai comprise, aimée en cet instant!
Comme les voix du vent qui chantaient dans les cimes
Me murmuraient des mots consolants et sublimes!

Ces voix me disaient : Viens, viens, nous te connaissons ;
Viens, nous t'apaiserons par nos graves leçons.
La fleur n'a qu'un matin, le rire n'a qu'une heure,
Mais quand la fleur pourrit le tronc rugueux demeure.
Laisse-les s'étourdir dans leurs plaisirs d'un jour ;
Le temps marche, et pour eux le deuil aura son tour,
Le temps marche, et, tandis que leurs coupes s'emplissent,
Ils ne prennent pas garde aux lustres qui pâlissent,
Aux fenêtres qu'on voit s'entr'ouvrir lentement,
Au ciel noir qui paraît par l'entrebâillement.
Oh ! l'effrayant réveil pour leur joie éphémère !
Mais toi, poète, toi, pauvre rêveur austère,
Ces visions glaçant d'effroi leurs cœurs tremblants,
Nous t'en aurons appris les secrets consolants,
Et ton œil, rassuré sous ces funèbres voiles,
Découvrira déjà la clarté des étoiles.

XIX

Dieu, toi qui fais la nuit d'été, calme et sereine,
Où la lune, au milieu du ciel comme une reine,
Promène ses ennuis et ses pâles langueurs
Parmi l'or apaisé des planètes ses sœurs;
Toi qui fais la fraîcheur des lilas et des roses,
Le sommeil de l'enfant aux lèvres demi-closes,

C'est toi qui fais aussi la fureur du torrent,
Le tumulte des flots, les hurlements du vent,
De l'ouragan en mer l'effrayante surprise,
Et le sanglot du cœur torturé qui se brise. -

XX

L'occident, rayé par de noirs nuages,
Ressemblait, hélas! à mon triste cœur :
Sombres souvenirs des récents orages,
Roses souvenirs d'un lointain bonheur.

Dans un coin du ciel, d'un vert pâle et tendre,
Un astre brillait solitairement;
En le regardant je sentais descendre
Dans mon cœur la paix du bleu firmament.

Comme un doux regard qu'une larme voile
L'astre consolant semblait dire : Espoir!
Laisse en paix mon cœur, ô menteuse étoile,
Charme torturant de mon cachot noir.

XXI

La nuit tombait, et dans le jardin solitaire
La pluie humide et froide avait trempé la terre ;
Les parterres étaient lamentables à voir ;
Les arbres, spectres nus, dans la brume du soir,
Dressaient lugubrement leurs branches désolées,
Et leurs feuilles jonchaient le sable des allées.
Une ombre vint à moi, comme hésitant, — c'était
Un homme pauvrement vêtu qui marmottait
En s'approchant une humble et pressante requête,
La plainte, hélas ! toujours la même que répète

La misère aux abois luttant contre la faim :
Plus de travail, partant plus de feu, plus de pain;
Je lui donnai le peu que j'avais dans ma bourse.
— Pauvre homme! me disais-je en reprenant ma course,
Et je sentais des pleurs qui me montaient aux yeux,
Quel est le plus à plaindre et le plus malheureux
De celui qui reçoit ou de celui qui donne?
Et quel passant viendra pour me faire l'aumône?

XXII

Tristes forêts, ravins déserts semés de ronces,
Lieux où hurlent la nuit les chats-pards et les onces,
Mon âme se complaît dans vos austérités,
Car c'est une douceur aux cœurs déshérités
De sentir la Nature indocile et rebelle
Autour d'eux, et d'entrer en révolte avec elle.

XXIII

Désespoir, désespoir, noire et sinistre mer,
Mon cœur a jusqu'au roc sondé ton gouffre amer;
Ma prunelle hagarde, aux horizons tendue,
De ton désert sans bords a noté l'étendue;
Donc, Mort, épouvantail usé, je n'ai plus peur
Du squelette qui rit sous ton masque trompeur.
A ce cœur qu'a sucé l'Ennui comme un vampire
Ton froid réveil ne peut réserver rien de pire :

Qui n'espère plus rien n'a rien à redouter.
Viens si tu veux, je sais sans terreur affronter
La funèbre douceur de ton baiser qui glace,
Et je puis, sans pâlir, te contempler en face.

XXIV

Depuis bientôt six mois que je ne l'ai pas vue
Je vis, portant en moi le poison qui me tue,
Je vis, si respirer est vivre et s'il suffit
De marcher pour pouvoir affirmer que l'on vit.
Les yeux ouverts, tragique et morne somnambule,
Dans le fourmillement des foules je circule,
Ou bien des jours entiers, par des quartiers perdus,
Je refais les chemins autrefois parcourus :

Je longe le rempart, son talus de luzernes,
Je compte les bastions et les postes-casernes,
Et le soir, je vais voir dans la cité des morts
Le Soleil s'abîmer sanglant dans des flots d'ors.

XXV

Je suis comme un captif dans une tour déserte
Que garde un invisible et fidèle geôlier :
Jamais un bruit de pas n'ébranla l'escalier,
Jamais la lourde porte en fer ne s'est ouverte ;

La fenêtre est très large et me permet de voir
La morne immensité d'une plaine inconnue,
Sans arbres, sans maisons, sans chemins, toute nue,
Où rien ne vit, où rien ne semble se mouvoir.

Le ciel que vainement mon regard interroge
N'est qu'un désert sans fin d'un implacable azur,
Un disque d'or s'y meut, d'un pas cruel et sûr,
Impassible, et pareil au doigt lent d'une horloge.

Et dans l'oisiveté de l'atroce prison
Je vois les jours décroître et croître à l'horizon.

XXVI

Des blés, des blés profonds, encor verts, ondulant
Dans le souffle de l'air au rythme doux et lent;
Noyés dans cette mer d'épis des toits de chaume;
Plus près, la haie en fleur et dont l'haleine embaume,
L'aubépine neigeant sur le bord du sentier;
Un ruisseau murmurant, bavard et familier;
Et pour conclure enfin, la Mort, faucheur allègre,
Découpant sur l'azur du ciel son torse maigre.

XXVII

Je me souviens encor du temps de mon enfance :
J'étais très expansif, très rieur et très blond ;
Paresseux quelquefois, gourmand par occurrence,
Indocile souvent, aimant et doux au fond.

Sans crainte du soleil qui hâle ou de la boue,
J'allais mordre gaîment aux fruits verts des buissons ;
L'âpre bise mettait du rose sur ma joue
Et l'austère forêt me disait des chansons.

Je vivais très heureux, et comme l'on doit vivre,
Sans savoir que l'on vit, sans songer que l'on meurt,
Comme le papillon qui sur la fleur s'enivre,
Comme l'oiseau naïf, ignorant l'oiseleur.

Mais les ans ont passé : l'âge qui tout transforme
A soufflé sur mon front son mortel vent d'hiver,
J'ai vu, réveil affreux, le squelette difforme
Paraître en ricanant sous son masque de chair.

J'ai vu la Mort partout, et l'effrayant emblème
Du Sphinx me regardant de son regard d'acier ;
J'ai senti sous le poids du terrible problème
S'écrouler mon bonheur et ma raison plier.

Et je suis devenu ce rêveur taciturne,
Et j'ai su la longueur de ces nuits sans sommeil
Où le songeur, qu'étreint le cauchemar nocturne,
Appelle éperdument le jour et le soleil.

Ah! puisque tu reviens dans ma sombre atmosphère,
Fantôme lumineux, fantôme qui fus moi,
Rends-moi mon rire ailé, mon grand jour, ma lumière
Quelques rayons d'amour, d'espérance et de foi!

Tu t'approches, tu vis et ta bouche respire,
Tes yeux ont un éclat qui me fait presque peur !
Ah! viens, approche encor, dissipe d'un sourire
L'ombre de ce piteux et morose rêveur.

Ton franc regard confond sa sagesse équivoque,
Ta folie a raison et sa raison a tort,
Viens, renais dans mon cœur, fantôme que j'évoque,
Car toi seul es vivant et le vivant est mort.

XXVIII

Huit jours se sont passés — huit jours, huit jours encore !
Huit fois sortant des feux de l'orient qu'il dore,
Pour descendre au couchant dans la pourpre et le sang,
Le Soleil a tracé son cercle éblouissant !
Et moi, pauvre captif, dans ma prison maudite
La tête entre mes mains, tristement je médite,
Et, les yeux grands ouverts, tragique fainéant,
Je contemple la vie humaine et son néant
Et j'écoute du Temps la marche monotone.
— Comme un grand parc désert, balayé par l'automne,

Montre la nudité lugubre de ses murs
Que masquait l'épaisseur des feuillages obscurs,
Ainsi dans la forêt remuante des choses
Où le fourmillement des effets et des causes
Captivait autrefois mon regard curieux,
Un vent d'hiver soufflant et dessillant mes yeux
M'a fait apercevoir par d'affreuses trouées
La Mort debout, au fond des sinistres allées;
Et tandis que le monde en son frivole émoi
Lutte, désire, espère encore autour de moi,
Rêveur sombre et pensif, de l'image entrevue
Je ne puis, malgré moi, plus détourner ma vue.

XXIX

NOCTURNE

De mon lit (car bien près du ciel je suis logé)
J'aperçois tout un coin de lointaines banlieues,
Et souvent, à travers les nuits pâles et bleues,
Mon regard dans ces lieux déserts a voyagé.
Grave et sombre tableau ! Quelque lampe s'attarde
Clignotante au carreau d'une haute mansarde.

— Plus près, sur les clartés vagues des horizons,
Je distingue de noirs fantômes de maisons;
Un boulevard très long et très droit se devine
Au rougeâtre sillon dont le ciel s'illumine,
Et là-bas, du côté de Vanve et de Clamart,
Un bec de gaz perdu brille sur le rempart.
Je connais cet endroit : souvent, passant nocturne,
J'ai promené par là ma douleur taciturne,
Et déjà je me vois refaisant pas à pas
Le long chemin qu'il faut suivre jusque là-bas;
J'en sais chaque pavé, j'en connais chaque ornière :
D'abord l'ancien faubourg où, l'automne dernière,
Le cœur tremblant d'émoi, j'attendis si souvent;
La façade muette et morte d'un couvent,
Et, le long des jardins qu'un haut mur emprisonne,
Le trottoir où mon pas sur la dalle résonne.
J'arrive à la barrière et tout pour un instant
S'anime — à l'angle un bal, et son gaz éclatant,
Dont la blanche lueur largement se projette
Jusque sur les bosquets jaunis d'une guinguette.
Au coin d'un carrefour j'entrevois en passant
Un louche cabaret, teint de lie et de sang,
Dont le quinquet rougeoie et dont la vitre sue;
Puis encore une longue, interminable rue,

Puis un étroit sentier, fondrière en hiver,
Dont le bourbeux sillon longe un chemin de fer.
Là c'est la nuit, la nuit farouche qui commence :
Entre des murs très bas, dans l'ombre et le silence
Je m'enfonce, je vais, mais d'un pas incertain,
Trébuchant et cherchant ma route, quand soudain
M'apparaît, déchirant l'obscurité profonde,
Le cordon lumineux de la route de ronde.
C'est le rempart, c'est là que la ville finit ;
Et voici justement l'endroit que de mon lit
J'aperçois : ô pouvoir singulier, ô mirage
De mon rêve évoquant cette lointaine image !
Suis-je ici, suis-je là? je crois voir et toucher
Les objets : je me sens respirer et marcher ;
L'air vif et pur vient battre mon front ; je discerne
Dans l'ombre le talus ondoyant de luzerne ;
Un banc est là devant ce sentier d'où je viens ;
Le vent gémit et dans les fils aériens
J'entends confusément chanter des voix de harpe :
Lieu sinistre où la nuit rôde le pâle escarpe,
Sortant d'un mauvais lieu, prêt pour un mauvais coup.
Ah ! je sens que mon sang se glace tout à coup,
Je songe — car l'horreur de ce lieu me pénètre —
Que là-bas sous mes yeux, dans cet instant peut-être,

Un passant assailli crie, appelle au secours
En vain, grand Dieu! j'entends la lutte et ses bruits sourds,
Puis un silence affreux entrecoupé d'un râle
Dans un fossé, tandis que la lanterne pâle,
Tressaillant par moments aux doux frissons de l'air,
Dans l'horreur de la nuit darde son regard clair.

XXX

Ainsi je te revois, ô mystique grande Ourse !
Ainsi tu m'as suivi jusqu'ici dans ma course,
Moi qui depuis trois jours, et sans m'être arrêté,
Voyageais par les trains haletants emporté ;
Moi qui croyais avoir changé de ciel, de terre,
Moi qui sentant le vent, âpre, mais salutaire

Battre mon front fiévreux, croyais avoir chassé
Loin de moi le fantôme obsédant du Passé!
Mais non, tu me poursuis, te voilà, morne emblème!
Signe mystérieux cloué sur le ciel blême :
Tel là-bas tu venais te placer chaque soir
Devant moi, quand j'allais, désespéré, m'asseoir,
La tête entre mes mains auprès de ma fenêtre,
En proie au mal secret qui minait tout mon être,
Et tu sembles me dire : Hélas! pauvre insensé,
De quel naïf espoir ton cœur s'est-il bercé!
Tu portes dans ton sein le souci qui te ronge,
Tu crois rompre ta chaîne, et ta chaîne s'allonge
Sans être pour cela moins pesante à porter :
Semblable au condamné que l'on voit escorter
Par les gendarmes galopant à la portière,
Tu vas, mais ta sinistre escorte tout entière
T'accompagne; elle est là, prête à te ressaisir.
Tu veux la paix, l'oubli, le repos, — vain désir :
Tu trouveras partout l'énigme de la Vie,
Partout la Mort, terrible pieuvre inassouvie,
La Nature implacable et faisant s'entr'ouvrir
L'exquise et délicate fleur pour la flétrir,
Le Passé, l'Avenir, le Regret et la Crainte
Étouffant le Présent dans leur funèbre étreinte;

Les hommes, vain troupeau, s'agitant sans savoir
Où, pourquoi, dans quel but, quel dieu les fait mouvoir;
Du Mal avec le Bien l'accouplement étrange;
L'âme unie à la chair, l'or perdu dans la fange;
Le rire aux pleurs mêlés, les jours mêlés aux nuits,
Jusqu'à la tombe enfin, terme de tes ennuis.

XXXI

Oui, peut-être, peut-être est-ce là le remède
A ce mal inconnu qui m'étouffe et m'obsède,
Peut-être qu'un travail pénible et régulier,
Si je pouvais encore apprendre à m'y plier,
En fatiguant mon corps apaiserait mon âme.
Peut-être, mais, hélas! ces biens que je réclame,
Ces rêves d'avenir, vains espoirs confondus,
Peut-on les ressaisir quand on les a perdus?
Espoir menteur, mon cœur trop aisément t'accueille :
Comment rendre à la fleur pâmée, et qui s'effeuille
Aux brûlantes ardeurs d'un torride soleil,
La fraîcheur du bouton que l'aube à son réveil

Entr'ouvrait de ses doigts humides de rosée !
D'autres moissons naîtront de la terre arrosée
Par les pleurs de l'hiver, et d'autres cœurs un jour
Aimeront, languiront, souffriront à leur tour,
Car la souffrance vit, meurt, et se renouvelle
Sans cesse, et comme Dieu lui-même est éternelle.
Mais ils sont pour toujours partis les doux printemps
Que mon cœur saluait, ivre de ses vingt ans,
Et les fleurs qui m'aimaient dans mes jeunes années
Sont à jamais, hélas ! à tout jamais fanées.

XXXII

Comme le sang coulant d'une blessure ouverte,
Je sens ma vie, hélas ! lentement s'écouler,
Chacun de mes espoirs tour à tour s'écrouler,
Mes stériles efforts s'user en pure perte.

Pourquoi lutter encore et sans cesse rouler,
O Sisyphe obstiné, ta lourde pierre inerte,
Pourquoi lorsque la Mort s'offre à toi, reculer?
— Ainsi parle à mon cœur la voix qui déconcerte

Mon courage ancien, bien près de s'émouvoir ;
Pourtant une autre voix plus mâle et plus sévère
Parle à son tour, et dit : Lutte, vis, persévère ;

Même sans le comprendre obéis au Devoir,
Comme un soldat qui sans discuter se résigne
Et meurt stoïquement quand le veut sa consigne.

XXXIII

LA CHAÎNE DES HEURES

Ainsi que de pâles Statues,
Immobiles, à demi nues,
Sont les heures de l'avenir :
Leur longue chaîne ne s'achève
Qu'aux horizons où notre rêve
Essaye en vain de parvenir.

Pourtant par la marche muette
Du Temps dont l'errante planète
Marque les pas au firmament,

Chacune à son tour amenée,
Succédant à sa sœur aînée,
Devant nous passe lentement.

Alors, pour un instant, la pierre
S'anime et la froide paupière
S'ouvre au regard mystérieux ;
Un frisson passager agite
Ce sein de marbre qui palpite :
Une âme apparaît dans ces yeux.

La bouche parle : elle nous jette
Un lambeau de phrase incomplète
Comme un mot d'ordre répété,
Et puis cette lueur de vie
S'éteint et l'image pâlie
Reprend son immobilité.

Heure qui viens, heure prochaine,
Toi si voisine dans la chaîne,
Ah ! parle, dis-moi ton secret :
Ce qu'en ton regard je dois lire,
Est-ce un sanglot, est-ce un sourire,
Est-ce un espoir, est-ce un regret ?

Hélas! tu demeures muette
Et sourde à ma plainte inquiète;
Mais mon cœur, à la fin lassé
Des espoirs menteurs qui désolent,
Retourne aux heures qui consolent,
Aux heures mortes du passé.

XXXIV

O mes vers, confidents aimés de ma pensée,
Vous en qui la moitié de moi-même est passée,
Seul et sentant le froid cruel qui m'envahit
Quand l'amitié m'oublie ou l'amour me trahit,
Je vous relis, feuillets dispersés que rassemble
Comme un triste lien ma jeunesse; il me semble
Que vos strophes alors ont d'étranges douceurs
Et parlent à mon âme avec des voix de sœurs.
Vous me montrez dans leur demi-teinte pâlie,
Avec leur charme vague et leur mélancolie,
Les bonheurs entrevus, les avenirs rêvés,
Romans que j'ébauchais et que vous achevez.
Je revois, conservant sa première auréole,
Celle de qui mon cœur avait fait son idole,

Et j'oublie un moment mon pauvre amour déçu,
Et je sens vaguement et comme à mon insu,
Tandis que le présent de mon âme s'efface,
Le passé consolant y revivre à sa place.

Tel le fils orphelin, un jour triste et lassé,
Vers le toit paternel autrefois délaissé
Revient par un instinct secret, involontaire.
Hélas! dans la maison muette et solitaire
Il ne retrouve plus tous ceux qui l'ont aimé;
Pourtant dans ce milieu, longtemps accoutumé,
Quelque chose d'aimant semble rester encore :
Le vieux salon fané, le panneau que décore
Un grand portrait d'aïeul qu'enfant il contemplait
Tandis qu'auprès du feu sa mère l'habillait;
Et la salle à manger, sa table familière,
Et le seuil dont ses pas ont presque usé la pierre,
Et le perron qu'encombre un épais chèvrefeuil,
A l'enfant retrouvé tout semble faire accueil.
L'humble parterre est plein d'odeurs de violettes,
Les lis ont revêtu leurs plus blanches toilettes,
Les lilas qui sentaient si bon, en mai, le soir,
Ont retardé leurs fleurs pour le mieux recevoir,
Et les roses cachant leurs épines rebelles

5

Semblent lui dire : Vois, n'étions-nous assez belles
Pour te plaire? — et les nids perdus dans les buissons :
N'avions-nous pas pour toi nos plus douces chansons?
— Et lui, les yeux remplis de larmes attendries,
S'imaginant déjà ses blessures guéries,
Sent renaître un moment dans son cœur consolé
L'image d'un bonheur à jamais envolé.

XXXV

Au ciel, comme les mâts d'un immense navire,
Se dressent, ô Paris, tes clochers et tes tours ;
A leurs pieds, dans la rue aux sinueux détours,
La foule en flots pressés vit, circule et respire ;

Flux, reflux incessant, mer où sombre et chavire
Maint naufragé perdu sans espoir de secours,
Phosphorescente houle où le gaz fait reluire
Des trésors étalés au coin des carrefours.

Cependant, fiers géants aux grands murs droits et lisses,
Vous montez dans les airs, austères édifices,
Battus par le grand vent pur et vivifiant,

Et quand s'apaise en bas le tumulte des rues
Dans le déchirement lent et grave des nues
Vous voyez l'aube en pleurs paraître à l'Orient.

XXXVI

Lune, lune fantasque, ô peu discrète amie,
Pourquoi nous suivais-tu dans la marche endormie
De ce fiacre banal où tantôt nous faisions
Le tour du lac désert qu'argentaient tes rayons?
Pourquoi, lorsque pressant mes lèvres sur les siennes,
J'oubliais un moment mes douleurs anciennes,
Lorsque son sein troublé battait contre mon cœur,
Pourquoi, Lune, pourquoi ton clair rayon moqueur

Vint-il dans cet instant d'ivresse nous surprendre?
Elle, instinctivement, comme pour se défendre,
Ainsi qu'elle aurait fait sous des regards humains,
Tressaillante, cacha sa tête dans ses mains.
Mais, hélas! dans l'éclair de ce rayon rapide,
J'avais vu la pâleur de sa face livide,
Et sa bouche pâmée, et ses yeux sans regards,
Et des funèbres flots de ses cheveux épars
Dans ta blanche clarté sortait sa gorge nue,
Plus blême que le sein meurtri d'une statue.

Et maintenant, quand triste et seul je sens grandir
Dans mon âme l'amer reflux du souvenir,
Quand renaît et revit l'ancien passé rebelle,
Vieux dessin obstiné sous la couleur nouvelle,
O Lune, c'est bien toi que je revois là-bas,
Tristement écornée à l'angle d'un toit bas,
Masque terne, bouffi, grimaçant et rougeâtre,
Pareil à l'accessoire oublié d'un théâtre!
Ainsi tout ici-bas s'abaisse et s'avilit,
La coupe du dégoût goutte à goutte s'emplit;
Toi qui régnais là-haut superbe, immaculée,
Astre déchu, du fier zénith gloire écroulée,
Tu finis aux bas fonds du ciel vide, et mon cœur

Jadis si fier et pur, mais qu'un destin moqueur
Dès longtemps a choisi pour jouet et pour cible,
Lassé de tout, déçu dans son rêve impossible,
Cherche pour s'étourdir des amours de hasard,
Et s'éteint comme toi dans un sale brouillard.

XXXVII

RETOUR D'AUTOMNE

O printemps, verts bourgeons, frais parfums des lilas,
Il me semble vous voir et vous sentir encore,
Et pourtant c'est l'automne, et des prochains frimas
L'annonce est dans ce ciel si limpide et sonore ;
Dans ce beau ciel limpide aux rayons attiédis,
Dans la blonde douceur de ces après-midis
Si courts déjà, qu'Octobre, hélas ! encore abrège ;
Dans ces coteaux jaunis, dans ces bois semés d'or
Que l'hiver, dérangeant leur féerique décor,
Recouvrira bientôt d'un blanc manteau de neige.

Octobre, mois bien triste et bien doux à la fois !
C'est le temps, ô Paris ! et l'heure où tu revois,

A la lueur du gaz éclatant dans tes rues,

Couler à flots pressés tes vivantes cohues;

C'est l'instant du retour : l'asphalte, déserté

Par les grandes langueurs des mois brûlants d'été,

Sonne ferme et durci sous le pied qui le foule.

Au seuil des magasins encombrés par la foule

Les étalages sont tout neufs et tout pimpants,

Dans l'éclat rajeuni des ors et des clinquants.

L'air vif fouette le sang : chacun va, vient, désire;

L'intrigue, se nouant dans le jeu du sourire,

Ébauche des premiers chapitres de romans;

Et puis c'est l'heure aussi, c'est l'heure et c'est le temps

Où dans les bois, parmi les houx et la fougère

Bleuâtre, monte au ciel une brume légère.

XXXVIII

Ce soir le firmament est très pur et très clair,
Et dans l'azur profond les étoiles ont l'air
Calme d'un grand troupeau semé dans une plaine ;
Pas un souffle, pas un frisson, pas une haleine
Dans ce ciel qu'on dirait à jamais apaisé,
Comme un puissant essieu dans ses gonds alésé
Silencieusement tourne l'axe du monde,
Et la grande douceur de cette paix profonde
Marque l'enfantement d'un grand labeur muet :
Car la nature est sage et bonne, et se soumet

Sans révolte à la loi qui régit les espaces,
Fait mûrir les moissons, naître et croître les races,
Et, dans l'ordre savant de leurs mille couleurs,
S'épanouir en paix les calices des fleurs.

XXXIX

Ma chère, nous irons aux derniers soirs d'automne
Voir fleurir dans les bois la tardive anémone,
Les chrysanthèmes d'or émailler les jardins,
Et les grappes, déjà trop mûres des raisins
Et par les premiers froids légèrement ridées,
Pendre aux rameaux brunis des treilles dénudées;
Nous irons, nous suivrons les détours du chemin
Où la première fois ma main pressa ta main;
Nous verrons au penchant des collines prochaines
L'or des grands peupliers et la rouille des chênes,
Et tout nous parlera d'automne et de départ.

Au ciel, ainsi qu'un rouge et sanglant étendard,
Un nuage empourpré planera sur nos têtes;
Et le calme attristé des campagnes muettes
Et dans les bois déserts le silence des nids,
Nous dirons que les jours d'été sont bien finis,
Que loin, bien loin de nous est la saison des roses,
Et que demain l'hiver et ses brumes moroses
Auront enveloppé de leur morne linceul
Ces bois que le sanglot du vent troublera seul.

Nous songerons alors que tout meurt et tout passe,
Comme au courant des eaux une ride s'efface,
Comme un nuage au ciel par le vent emporté;
Et nous éprouverons l'amère volupté
De sentir que nos cœurs auront changé de même,
Qu'à notre insu ces mots, ces tendres mots : Je t'aime!
Nous ne les dirons plus avec le même accent,
Car l'herbe du chemin que l'on foule en passant
Et le buisson qu'on frôle, et la branche qu'on cueille,
Et la fleur que, distrait ou rêveur, on effeuille,
Tout emporte avec soi quelque chose de nous;
Et tandis qu'à travers les ronces et les houx,
Dans la haute forêt tremblante des fougères,
Le couchant grandira nos ombres passagères,

Nous penserons, chère âme, à ces choses qui font
Plus tristes les baisers, mais l'amour plus profond.

Puis quand naîtront au ciel les premières étoiles,
Quand la brume, flottant en clairs et légers voiles,
Montera sur les prés humides des vallons,
Dans les premiers frissons du soir nous reviendrons
Par la majestueuse et déserte avenue
Qu'au printemps si souvent nous avons parcourue.
Les dernières lueurs du jour mourant aux cieux,
Descendant dans la paix profonde de ces lieux
A travers le feuillage éclairci des grands arbres,
Éclaireront alors de la pâleur des marbres
Ton grave et doux profil et tes beaux cheveux d'or;
Et nos regards pensifs pourront noter encor,
Dans les fossés jaunis et dans l'angle des portes,
Le triste encombrement que font les feuilles mortes.

XL

LA SEINE

La Seine, entre ses quais, coulait silencieuse,
Avec des frôlements très doux contre les ponts,
Et le gaz, alignant en paix ses longs cordons,
En clairs serpents de feu glissait sur l'onde huileuse.

O Seine, ainsi tu vas, nocturne voyageuse,
A travers le muet dédale des maisons,
Vers les champs et les bois et les noirs horizons,
Et la mer et sa grève au loin tumultueuse :

Que l'émeute aux abois gronde dans la cité
Ou que, monstre dompté, la foule au joug servile
Se plie en d'énervants désirs de volupté,

De l'amer Océan calme épouse docile,
Tu vas mêler sans cesse à son flot irrité
La paisible douceur de ton onde tranquille.

XLI

LA CHAMBRE

Dans l'étrange palais qu'habite
Et que parcourt mon Souvenir,
Il est une chambre où j'évite
Depuis des ans de revenir;

Un sombre corridor y mène,
Plein de mystérieux détours;
La porte en est de noir ébène,
La tenture de noir velours.

Elle est profonde et somptueuse,
Et, dans des vases précieux,
J'y vois la pâleur ténébreuse
De fleurs aux parfums dangereux.

Mais ce qui fait l'horreur muette
De cette chambre, et son attrait,
C'est le vivant effroi qu'y jette
Un inoubliable portrait.

Ses cheveux noirs semblent la tache
Funèbre d'un drapeau de deuil,
Et son regard sur moi s'attache
Sitôt que j'ai franchi le seuil.

Ah! ce regard dur et sans âme
Est glaçant sous ce noir bandeau,
Comme l'acier froid d'une lame
Paraissant derrière un rideau.

Et pourtant ce regard m'attire
Comme un irrésistible aimant,
Et cette bouche qui respire
Et qui sourit en s'animant,

Cette bouche qui fait renaître
Le feu des désirs irrités,
A mes baisers semble promettre
D'enivrantes félicités.

Lèvres fausses, bouche menteuse,
Je sais votre charme trompeur,
Car vous êtes la plaie affreuse,
Rouge et sanglante de mon cœur.

Je veux, s'il en est temps encore,
M'arracher, dussé-je en mourir,
Vous que je hais et que j'adore,
A votre obsédant souvenir.

Et, sans oser tourner la tête,
Éperdu, je fuis au hasard,
Sentant que l'image muette
Me suit encor de son regard.

XLII

Un feu qui s'allumait dans les pâleurs du soir
M'a fait penser, chère âme, à l'amour grave et tendre
Qu'après les longs combats et l'amer désespoir
La paix de tes grands yeux dans mon cœur fit descendre,

La paix de ton regard, pur et profond miroir,
Doux autant que la mort au cœur lassé d'attendre :
Oh! comment exprimer le charme étrange et noir
Qu'en mon triste désert ces yeux ont su répandre?

Beaux yeux, cher opium pour mon âme aux abois,
Je dirai la fraîcheur pénétrante des bois
Détachant sur les cieux blanchis leurs sombres masses

Par les longs jours d'été brûlant, aux heures lasses
Du soir; ou la douceur mystique des hautbois
Dans l'orage apaisé des cuivres et des basses.

XLIII

A L'OUVREUSE

La chose est assez manifeste,
Le spectacle est près de finir;
Fauteuils et banquettes, du reste,
Commencent à se dégarnir.

La toile descend sans secousses,
Le souffleur ferme son livret,
L'orchestre se tait; sous les housses
Le balcon doré disparaît.

Je vais rejoindre sur la place
Ceux qui m'ont précédé tantôt;
Un moment seulement, de grâce,
Pour boutonner mon paletot.

TABLE

		Pages.
I	LE MASQUE.	1
II	MINUIT.	3
III	A LA PRÉFECTURE.	5
IV	O RÊVERIE, Ô FÉE, Ô DOUCE ENCHANTERESSE	7
V	TERREUR NOCTURNE.	8
VI	NUIT DE JUIN.	10
VII	PAYSAGE.	12
VIII	LA VOIR, SENTIR SON BRAS S'APPUYER SUR LE MIEN	14
IX	PREMIER PRINTEMPS.	16
X	SAIS-TU COMBIEN IL EST PARFOIS MÉLANCOLIQUE	18
XI	LOIN DU CENTRE ÉLÉGANT OÙ LA FOULE SE PRESSE.	21

                                             Pages.

XII   HUIT JOURS SANS TOI, HUIT JOURS, AH! TU DEVRAIS

               SAVOIR. 23

XIII   DIS-MOI PAR QUEL TOUCHANT ET SINGULIER CAPRICE. 25

XIV   ON CAUSAIT, ON PARLAIT DU MONDE, DE LA FÊTE. 28

XV   AU BORD DE LA MER 30

XVI   BONHEUR POSTHUME. 32

XVII   QUAND JE TE VOIS DONNANT A TOUS EN DÉPENSIÈRE. 34

XVIII   JE SORTIS, J'AVAIS FROID, LE LONG DES AVENUES . . 37

XIX   DIEU, TOI QUI FAIS LA NUIT D'ÉTÉ CALME ET SEREINE. 39

XX   L'OCCIDENT, RAYÉ PAR DE NOIRS NUAGES. 41

XXI   LA NUIT TOMBAIT, ET DANS LE JARDIN SOLITAIRE. . 43

XXII   TRISTES FORÊTS, RAVINS DÉSERTS SEMÉS DE RONCES. 45

XXIII   DÉSESPOIR, DÉSESPOIR, NOIRE ET SINISTRE MER . . 46

XXIV   DEPUIS BIENTÔT HUIT MOIS QUE JE NE L'AI PAS VUE. 48

XXV   JE SUIS COMME UN CAPTIF DANS UNE TOUR DÉSERTE. 50

XXVI   DES BLÉS, DES BLÉS PROFONDS, ENCOR VERTS, ONDU-

               LANT 52

XXVII   JE ME SOUVIENS ENCOR DU TEMPS DE MON ENFANCE. 53

XXVIII HUIT JOURS SE SONT PASSÉS, HUIT JOURS, HUIT JOURS

               ENCORE 56

XXIX   NOCTURNE 58

XXX   AINSI JE TE REVOIS, Ô MYSTIQUE GRANDE OURSE. . 62

XXXI   OUI, PEUT-ÊTRE, PEUT-ÊTRE EST-CE LA LE REMÈDE. 65

XXXII   COMME LE SANG COULANT D'UNE BLESSURE OUVERTE. 67

XXXIII LA CHAÎNE DES HEURES 69

XXXIV O MES VERS, CONFIDENTS AIMÉS DE MA PENSÉE . . 72

XXXV   AU CIEL, COMME LES MATS D'UN IMMENSE NAVIRE. 75

Pages.

XXXVI	Lune, Lune fantasque, ô peu discrète amie . .	77
XXXVII	Retour d'Automne	79
XXXVIII	Ce soir le firmament est très pur et très clair.	81
XXXIX	Ma chère, nous irons aux derniers soirs d'automne.	84
XL	La Seine.	87
XLI	La Chambre	89
XLII	Un feu qui s'allumait dans les paleurs du soir.	92
XLIII	A l'ouvreuse.	94

IMPRIMÉ PAR A. QUANTIN

ANCIENNE MAISON J. CLAYE

POUR

ALPHONSE LEMERRE, ÉDITEUR

A PARIS